パッチ・ワークス

齋藤岳深

港の人

目次

パッチ・ワークス

波打つ谷戸も

眠る野麦の果てない谷戸に
ゆくゆく暮れる切通し

名乗りの傘にわれら願うも
青い蝗はまだまだ煮えず
万劫唱える柱のかげで
しきりに寂しい酒を乾す

寒垢離の
衣まとわぬ
石つぶて

雁木に笹舟
土蜘蛛の声は
欣求浄土と厭離穢土

うらうら照る日に
待つ背のやつれ
鎮守のかずらも根を絶やす

割れたあけびも
苦果のしるしと
辻にならべる黒い種

蔓に繋いでほどけぬものは
足指で書いて読み上げよ
舌のもつれる蜜ならば
雀蜂にも嘗めさせよ

名無しのさかずきわれらの誓いも
破る世界のからすうり
こうも詮なき欣求浄土や
厭離穢土から覚めて寝る

鈍感

冬の木立がみな押し黙り
細くしなっているあたり
ちょうどいい腕つかんだら
大きく祈りを曲げてやれ

曲がるかどうか本当に
いきなり一気に曲げてみた
そしたらこれじゃもう祈れないから
お祭りの日に火にくべてって

泣いて言うんだよく燃えそうな眼で
そんなに悲しい声出すのって
どんだけ苦しい事なのかって
あいつら燃えてまだ泣いてたぜ

どんどん曲げて祈りを絶って
青い炎がよく吹き上がって
とうとう木立も更地になって
つぎの春には芽が吹いた

似ている我らの

ジガバチの巣から這い出るシュカブラ
似我似我
我に似よ
そして己の迂闊を知るべし

鶴居の湖沼群
丹頂の頭も青ざめてしばらく
いつゆきあたっても慎ましい地吹雪
肝心かなめの馬鈴薯も
水に渇えてゆくゆく牧野

あそこの斜面は村有地
阿寒岳、ヌプカウシの槍
水源管理のための段丘

サイロ
無力化
勝手に挑む
隆起する駅
ガイドライン

雪玉の中に石入れたでしょう
あれほんとにやめてね
逃げるいとまも無くなるからね
こっちもなかなか鈍いから悪いんだけどさ
春まで隠しおおせるものではないから

似我似我

向こう岸の善き隣人に顔を似せよ
時折ふたりの不備いっさいを罰すべし

追分

異端に迷わぬ幾夜の祈り
厳しく到るしるべを照らし
朝の炊事のかたわらに
御堂のすすをはらうこと

冷えた身体で引き継いで
鐘の鳴るまで押し殺しても
物見の息も絶え絶えに
祈り重なるそのかげり

千切れて曇る余光のうちに
五体供する背中を追って

正視の優しい入口までに
かえって思いを鮮やかに

それでも終わらないんだ
場違いな血相でおおぜい踏み込んだくせに
先触れなく崖のような
入り組んだ山あいに落ちてった
懸命にかけて海まで雪崩れる
呼吸も生き抜いたはずなのに

薄明かりに見える追分まで
辿る靴音だけ怖くても
決して幽霊を引き剝がさないこと

幽霊たちが新しく目覚める価値があると思うまで
思い込みの激しいあいつらの朝まで

誰かの愛

おまえのゆめでおれをころすな
つたないあいでわずらわせるな

野生のままではやりきれず
崩れたバランスを
食い違う食性を
予後の不良も書き換えて

雪の哨戒
今日の鰍も
身近な不運を踏査する
冷たい孵化の

割合も

定点観測
歩きづらいね
まならにある
予覚とか
昔の疑惑の
浮上とか

ほおずきの川
なぞろうとして
動くものみな汲みあげて
示してしまう前の愛
示したはずのぼくの愛

ルリビタキを呼べ

おおい今から始めるぞ
またかよもう
ルリビタキの事なら行くけどさ

燠火を引き取るつもりだったが
もう分からないのか

眠る火鉢からも
悔しい寝息が漏れるので
あとかたもなく勝ち抜く
果敢のために

振り上げ落とす
野盗の頭へ
くちなし添えて夜もすがら

おおいルリビタキ
まだ帰ってこないのか
何もかも焼けて台無しだよ

仕舞いそこねた分厚い画板
信心深い綴方
盛夏に復唱
あと三十回

あたらしく
わけもわからず
得体も知れず

そうだ雪の中へ行こう
そうに違いないからみんなで

おおいルリビタキ
はやく来てくれよ
もう間に合わないかもしれないよ

帰ってきたか

日本橋三越
駿河町
表で待ってた山犬も
現銀掛け値の
山津波

笊からこぼれた首ひとつ
番所の空を逆さに見たり
躍り出てくる獲物を狩っても
胆の吟味を忘れたり

いいんだ、悪いのはこっちだから

より悪いのは、そいつらが味をしめてしまう事だったから
驚くのは今更それを言うお前たちだよ、と

火防の吃りも吶喊も
思えば旗色見えてなかったな
俺たちよく訊かれたしね
吹き流しはあるか
風を遮り損ねていないか
今晩の客の布団は借りてきたか、と

色の冴えない現の証拠を
灰汁に漬けても叶わぬ銘仙

薄日に半日
野辺に晒したあらためも
煙臭くて売れ残る

言い換えやらきざな方便ばっか探して
もっと奮い立つ弁舌がないものかね
少し考えてからまた来るけど
使い古した言い回しじゃもう駄目だからね
みんなそう
寒い雁首そろえても
飽きの暗黙
がまがえる

悪戦
ぬかるみ
身も蓋もなく
自沈
号外
あくがれいづる

ちりゆくかたみの戦端も
いまだ開かぬわすれ花

ところで赤い水は涸れたか
これからあいつら帰ってくるぞ

だから次の市まで目いっぱい掠め取っておくぞ、と
呼びかけていった隣の声も
せいぜい弦音の名折れだが

驚くのは
いつまでも身支度を解かないお前たちだよ、と

藪の不始末

ながく折り合いのつかなかった
実家の抒情とその始末
あすでもあさってでも
都合はそっちに合わせるから

あさってもしあさっても
分け入っていく単軌道
ヤブツバキ見つけて
天ぷらにしたらしいよ

調子に乗ってもうひと山
踏んで真木立つ杣の道

灰汁と天領
行き来して
うさぎに累が及ぶまで

逃げる水運
花のいかだを
切り出す木樵と賽をひと振り

それとも手前の警戒線で
切口上をちぎり置くとか

往生際でものぼせた雲雀の
煙ひとすじ空の道

あさってもしあさっても
転げ落ちる寒椿

見捨てて逃げた東屋の
一輪挿しも枯れるころ

集落の橋は流れに消えて
親不知と呼ぶ声も
行旅を引き寄せる
届け出もままならず

解題

曲がり角ではまだ曲がれない
後続迫る気がして振り返っても
玉虫厨子
夜通し産み落とした枕
目のくらむ構造色
朝には干して片寄せもする
積み上げた残土
途切れぬ未読も

タープ、頼りない枝
心変わりの仮寓に逃れて
昼間はうまく動かぬ翅を

薄暮れから擦り合わせる草雲雀

浚渫匂う公文書館
勾配、水門
九段の坂を
曲がりきれない曲輪門

濡れた背中を乾かしながら
のぼせあがってでたらめに並走する
いつまでも予定がある
舌禍と罰も
身勝手でながい撤退戦

使い道がないいんだよね
蟬に宿る蛾
繭の湿り気が抜けない枕

今日もいまいち寝つけない

あそこに貨物用エレベーターあるだろ
あれに載せて揚げるんだ
玉虫厨子
囁くように針の息
凭れかかる耳もと
腹の底から槍衾
目に入れても痛くないなら
いっそ眠れなくていいんだけども

趣味の問題

まだ見ぬ未明に
ながいあいだ用意された浮標の列
揺らめく湾の開口部
流れ着いた砂地で静かに身を起こし
明滅する個体の
耐用年数を数えつつ

刈り払われた巡視道と
感情的な碑文をまた登り返す
ところどころ現れるスイッチ・バックに
軽くない負荷さえ覚え
見落としてそのまま

折り重なる踏み跡も多い

ひとり稼働を保ち
微小な検波を待ち
しぶとく類焼する
帰心の底へとどめおくには
あまりにうちさわぐ
海獣を模した好戦的ないれずみ

膨れ上がる雲を抜け
月に向かって打つボール
手段は選ばずつねづね重心を傾け
やがて薄れていく空と
眠る寸前の最も深いうわごと
骨のまわりに焼け残るわずかな気位

やつれた果肉と種もあらわに
取りかえがたい暈しを入れた
横風の強い洞窟たち
立ち上がる研究
エコー、エコー
虹色の油膜めがけて弾ける泡の
飛沫になる力学にも
疎いユスリカ
不揃いな波に塞がれて
いま、大火を待つほどの鯨
ついぞ夜行に巡り会わず
ところにより苦熱の畤
あたらしい外光に胸塞がり
伝聞つたない物見櫓も
損耗に血迷うばかり

仲間の青いあばらの上に
残る一冊の本を置く

あとは船倉の堪えがたい虫を
始末するべく思案する

そんな趣味の問題なんだよ
ふたりのあいだは

また休みを見つけて来てね
私が帰るまで

過日はくどく追い立てられて
たまらず晩学に走る
抑情の緩みようも

軽挙と言うなら
次もその次も願い出ると
不用意に答えて

冬も薄着の
潰れた気圧と乱れた体温
遭難しそうな助走の途中で
寄せる心も手放して

残置してきた群との合意を
どこから果たすべきなのか

世慣れぬ気勢で
やり過ごす時化も
破れた帆には抗えず

合点のいかない網の密度も
さえない我らの趣味のあとさき

実る道行

いま雄叫びのからすむぎ
そして実りゆく案山子
つるむらさきと芹ならば
かえって心も気も楽か

紙が毛羽立つ筆先に
今日は自分の感情で
眠れるものから綴じるのか
寝てもいいけど角度を変えて
どの交情が占めるかとか
激情の水と信仰と
雁は帰巣の頭を巡らせ

湯冷めのしない羽休め
気持ちをすべて言い当てられて
謎まだ解けず
声、小さいよ
もう眠そうな声
眠いのか、そう眠たいならね

薄暮れにひきあげて
体の幅で塞ぐ畦道
ゆくりなく渡り歩いて
抜き足を峠まで運ぶか
運んだ先の馬場で待つ蟻

夜の目も利く先導と
山裾からまた山裾へ

思い出したら話してくれる
何かと深めた信心を
あたらしい主になり代わる
鯰の潜む流れから

遠くから二十万騎のかちどき
おおむね好意を内に示して
尖底土器まで野心が巡る
ただ走り先走る尖石

雪が見えるの
なれの果て
それがおまえ
おびただしく連なるからたち

絶えずまわりにくべる火の
しらじら退いた機先

明日の天気は野を分けて
みだりに迫り来る老齢
未来の蕎麦も遠のいて
昼のあずきとも関係ない
払えば道となる藪を
ぼうぼう伸びるにまかせていれば

北限に迫る脊梁
とうとう採集しきれぬノート
たかく道行き
ゆずりあう群落を間引いても
洗いそそいで運ばねば
枯れるもなにも使う人のない枕木

ノウゼンカズラ
向こうで咲いてたか
走りながら根付くわけではないから
もうそこまで行ければいい気がする

ひとまず不慣れな先行きで
まずは燕をとらえるか
あぶみを離れるいなきの
鼻先まで香るうちに
まずは燕をとらえてみるか

鹿と十字架

鹿の経験を覗いたやつは
古い皮質を射抜かれる
不意に正対して喉を鳴らすやつは
照星とは距離を置け
たがいの鼻に悪いたばこを差し延べ
なお収まりもつかず

潰瘍を裏返しては仰ぎ見る
窪地の底で南向きに応える

うすぐらい耳石
硬く青臭い後味の反動

どこまでも夢を継ぐやら壊すやら
ひとり懺悔に立てる片膝
狙いの揺れに酔う糸口
端々に見つかるつたないもつれ

火口をあおる手元あやうく
舌を抜かれて仕留めもできず
あざの下にも血が巡る
あざの上にも血が凍る

再見

雪を追っていた
うす暗いうちから
針の落ちる音がここまで聞こえて
虫の息も泡立つような

蜂を食べた日の眠りは浅く
冴えた頭を巧みに抑え
まるでこちらに勘づいたばかりの、待て
いま、けものになると言っただろう
お前たちいま、けものを連れてくると言っただろう
まだ詳しくないので、ところどころ道が崩れている

みんな忘れる、顔立ちも昨日も
凍えるまで思い巡らす、いつも考えながら喋る
喋る癖があった、確かに

朝がた通ったバイパスからは
踏み跡すらなく途切れて久しい
白いシラバスここに溺れて履修するにも姿を隠し
思い通りの線を引きつつ消える連絡通路まで

推古に長けた留学生と
行き詰まって別れるとき
るがくしょう、とは呼びかけづらい
うん、たしかに難しいな

日持ちせずいくらか遠くへ
運ぶ火蓋の把手を起こし

さながら明るみ残しつつ

立ち止まれば
感情だけが　後を引き継ぐ

視界が開けてたたみかける心も
ふりあおいで力なく

気持ちとして頼りない発条も
埃を払い　遠く波打つ
ああ、それ難しいな、難しいよね

恢復する蔓

ふところに隠し入れる虫の息
それに気づいた血中の塩

月へ向かって引き絞る
とりとめのない裏打ち
つづく言葉のない仲違い

修復不能な損壊を、周囲の部位から取り戻す

見出しを拾い読みながら
凡庸な蔓に加えた負荷も
序文のうちに気が触れる

もう触れるだけでいい
ただ触れるだけでも

冬の夏草

おじいさんは稽古場へ
みるみる修復する浅茅
色めく老手の肌を流れて
秋水一斗さめやらぬ井戸

骨張るまでの勘違い
ようやく意気地がぶつかるように
やっぱり言うよ怒るなよ
等高線も憶えてないのに
これからそこへ行かなくちゃ
はからいあって複雑に

焦りをひとつ棚に供えて
下弦に寄り添う夜の石

さわぎをしずめて反転し
弛張、抑揚
間違えもせず
剛性、破断
討つはよもぎのふかみどり

虚実もいっそ敷き延べて
具申滔々馳せ参じるも
緒戦の功労
あとは夢

じぶんでそういう
しかたないもの

じぶんたちでそれ
かたづけて

仕向けよ
ただならぬ夢の島
なおもさざめく
旗揚げする郎党たち

かたくこわばり
しびれてさける
すすきのなびく方角へ
これはあくまでお題目

人か獣か分からぬままに
頼りないのがばれている
ブルーシートが煽られた空

掬い取るなら骨の音

虫の意識はケルンに還る
そういう心の拠り所まで
いくつか静かに踏みにじり
起伏にとりつく誘導灯

計器を呑み込み
こたえるこだま
これは伏線ふるい立て
同じ水位へ満ちるいま

寂しいやつらの顔を塗る
全霊軋ませ驚いて
折り返していく参列の
随分ながい揺り戻し

光が射したら分からない
温和に駆けた目処もまた
さし曇る日の弱視はつらい
剝がれたままの恩返し

残照へ
のびるからたち
からすうり

こんなとき
ひかりのほうが
さびしいね

さし曇る日の弱視はつらい
剝がれたままの恩返し

折り返していく参列の
随分ながい揺り戻し
めぐりめぐった参列の
これからながい揺り戻し

リモートセンシング

ここで勾配を転じてそのまま
折り返す人が多いもよう
傾いた草に埋もれた
スイッチ・バックへ遡る
石灰岩の点在に
それぞれ履歴を消して

薄墨で書いた的があると
弱った星を射通すようにと
計器の閾も日々変わるうちに
しびれを切らした鳥が鳴くのは
木霊もろとも運び去り

湖底に眠る発破の声とも

手の内は晒した形を保ったままで
まして滑りやすい手すりにも触れず
見せられなかった成果を絶って
話が何度も飛躍する

紙は冬日に黄変するとか
糊と繊維の配合だとか
癇癪持ちでは待てないようで
筆の運びも乱れる様子

いつもと違う言い回しとか
かえって気まずいふたりのあいだで
交わす胡桃の転がる音も
承服しかねている廊下

薄荷のオイルを垂らした基板が
短絡するたび匂い立つ

それでも迷う羽虫の声と
ときどき光るとばりの網も
浮かんで消える発生点

パッチ・ワーク

そうだそれはまだだっけ
まだなのか、まだ

いわれのないかぎ裂き
どこかしらわざとらしい悲鳴の続き

そうそれはまだだった
僕らにはまだ、まだあるんだっけ

刺したそばから
広がる刺繍
指へ深まる蘇芳の試練

つづけつづけつぎの意匠に
知らない綾の勢いに

沸き立つ余興は瞼が重い
鶵の復帰はまだまだ先で
とてつもない風かけらも見えない
ときどきそれだけに触れないで

なんだか調子が戻らないまま
月の入りも苦しい角度で
いくたびのあけぼのを過ぎて

知らない顔もつど忘れて
沈んだままだと教えてくれれば

いつもの川も溢れそうな土手
気団同士の争う低地に
吹き出る備えの立葵

さっきの話はひどかったな
可憐やら直情とかの
口寄せも身を乗り出すし
床に撒いた草紅葉の
送り火になっても知らないよ

何をおそれてか
ひとえに声を裏返そうとするのは

はたから見ればうやうやしく
祈りのないつぶやきを唱えるように
不意に気性をかき立てては

もっと端切れにしなければ
ルリタテハもいよいよ
不吉な兆しになるところ

パイドパイパー

体温計とばねばかり
そっと載せたり震えたり
変に冷たい頭の奥で
なるべく静かにしようとしてた
わたしのお祈りうるさくなかった?

しばらくずっとご無沙汰だけど
どこかへ立ち去る必要もない
昨日来た道あわてて戻り
和解するまで長い森
月明かりにも浮かれてた
みんなが好きな苫蓬

何を食べても変わらないから
夜に掴んだものでもいいよ
棘が刺されば抜いてもいいけど
ほんとに抜いても大丈夫？

並ぶ枕火ゆらいで消えて
夢の中からただ眺めてて
大きく跳ねる混乱の
帰順を決めたら乗り越えて
いつまで終わる事もない
ふもとへ下りても取り乱し

砦はみどりの旗ではないし
雨がななめに弱まりながら
やっぱり足りない当たりの数も

まぐれのあいだがもしあれば
ふたり連れならひとり減る

深い山まで真っ赤に吹いて
割れる耳鳴り
天の国
もっと大きくしなければ
塞いだ耳も突き破る

お前が邪魔するんだ、昨日も今日も
放っといてくれないと危ないのに

乗り移るものを呼び込む気持ちのまま歩くな
みな悪寒がして覆いを外すけど
ひとつひとつ調べるぞ
誰も眠くならないように

神様が迷い込んで来そうだね
やっぱりね、そうだったんだ
それがどうした
お前が呼んだせいなのに

冗談

噴き出るタールの暑いさなかに
呼んだら次へ禍根を渡せ
樹脂の匂いも燃え上がれ

読み書き知らぬ先祖が編んだ
古いロープの強さも増して
ゆらゆら揺らす手を止めて
しばらく見ていたくすぶる焦げ跡

消火栓まで日々確かめる
日課の運びもぬかりなく

今朝まだ寒い屋上あたりで
弾けた音も筒抜けに
みじかい夢を見ていた席で
いきなり出てきた影に会う

真っ黒い手と汚れた爪で
ずっと先まで追いかけてきて
いっこう乱れる隙もなく
かけたかそいつのどこかに罠を
たがいに深々食い込んで
仕留めかねてる血飛沫の
どす黒い字で書き殴る

誰と誰かと誰かの皮と
尽きるまぎわの生温かさと
かわるがわるの取っ組み合いを

苦し紛れに破り捨て

息を殺した真土の小屋を
芯まで危ういマッチを擦って
化合と発火の成分表も
油を含んで綺麗に燃える
そしたら誰にも読めなくなるから
朝まできっと焼け残る

盆踊り

大海原にも愛想が尽きて
蕊を砥石にあてる百合

今をときめく錦のかげに
さっさと隠れたからすうり

瀬戸は日暮れて
見ぬ間に増える
沖の鬼火と飢えた蟹

勿体ない
それはそうだ

そうだけどそうではあるが
たとえば逆巻く棘に刺されて
蛇苺の実を搾り取れるか
濡れそぼる蛸の眼を抉れるか
そうだそうだ
それはそうだ
ささいなはずみでうらぎってるか
とおのくきもちをしってるか

米一俵にも意気地はあるさ
晴れて放免さらし首

今も待ってるあの子のうちに
さっさと押し入る悪い虻

仕方ない

それはそうだ
そうだけどそうではあるが
たとえば朗々吟じてみても
ずるい遺恨をなお続けるか
濡れつばめの巣を盗めるか
そうだそうだ
それはそうだ
わすれた顔でわらっていても
手に手をとっておどれるか

砂防のとりこ

化ける文字列
雷文状の濁り水
差し向けられる難儀にも
流されなくてはならないばかりに

周密犀利な先手を打たれて
根負けするまで勘違い
ぶつかろうにも日和るにも
いよいよ理屈が分からない

物言わぬ貝の満ち引き
日照りもたやすい暴れ川

堆土をさらに盛り上げる
余裕も気まずい働きぶりも
憶えてもらえば負っていいかと

今生の
舞台も赤い草の茎

チョウゲンボウの滑空だけでは
昨日のおかずを見失う

いついつだれと交代するにも
狂いも気づかぬ誤差の橋桁
あらためなくてはならない夢が
押し寄せなくてはならないばかりに

かぞえどし

はやくはやく
はやくおまえのかぞえどしを追わなくちゃ
いっさいなげうちいきいそぐおまえたちのかぞえどしのもとへ

だんだんまだるい野良着のほつれ
五里霧中の心電図

架線輸送の色刷りの地図
道がないのは誰のせい

いずれ途切れる切符は要るか
いずこへ消える松明となるか

出雲国風土記
居住まいも不届き
そうして溶けて鱒になるもの
こんな雨でもマイナスになるの

戻らぬ黙禱
花一匁
昨日も苦手な小冊子
是認
いざよい
石つぶて
再読しても休まらず

修身の目を伏せ
それでも離散しない
斉家を見据えて

無傷を装う樹皮の跡
熱波に喘ぐ木立は漆と
焼け落ちていく蜜蠟も

ファースト・ネーム
原理原則
さながら紙面を賑わせて
けだるい寝起きともろとも沈む
コーヒー
わりばし
おやつを何か
どれがなくてもご飯がさびしい
肌身に近いほうが明日の寝覚めがさわやかだけど
思い出すことはあるから

いっしょにたくさん遊んだね
たくさん遊んだけどまだ大丈夫ではないよね

はやくはやく
はやくおまえのかぞえどしを追わなくちゃ
いっさいながうちいきいそぐおまえたちのかぞえどしのもとへ

バードストライク

前触れなく
気化の始めにたちのぼり
ことごとく機体をそれて渦になる
振り切れた磁北を読み続けて
ここに留まる煙、その光

旅寝は薬が効きづらい
身を引くつもりの白河夜船
筆は進まず痺れるばかりの指を組む
折々の付箋や
走り書きの束を忘れて
花信もうまく読み取れないので

このさき夜襲に紛れるか

遠目に弱くたなびく旗も
執念深い下絵を隠す

からすうりと
窓を掠める風切羽
子供が鷹に気をつけて帰る午後

タービンは鵬程を引き揚げる
つくづく追い立てられ
ながい単独行のうつろい
いっそう痛む喉を鳴らして
いずれは冬の飛来地へ

針の位置は

見落とした個体に合わせ
次期も予算を割り当てる

多量の咳止めと古い吹き流し
それらと一緒に
風洞実験をくりかえす
振幅と、そのかたち

オリエンテーション

鳥を見ていた　きれいな列も悠々と
視界の外へ　止まらない

土の果てに苔はあり
これまでの未明はさてどうする

学究は底をつき
蛍の国に残るというが
それはなぜなのかこれからもあるのか
夕方からさらに目次が見えづらい黙示だけではやりづらい

かつて空から始まる苦行にならい
備えていた
君は測錘《おもり》とただの祈りを

色褪せてすきまの多い草むらに
首を落とした穂の先と火花はあやうく釣り合うという
下草刈る日の島影にわれわれも糞を残していくなら
摑みどころなく何の何かをどこまでゆけば
沖ゆく信号の流れに乗れるか
水の摺鉢へと侵攻できるか
まだ分からないまだ分からないと鳴く鳥の
見えない仲間を呼び寄せられるか

初出一覧

バードストライク　個人詩誌『鹿十字』VOL.1（二〇一五年五月）
再見　個人詩誌『鹿十字』VOL.2（二〇一五年十一月）
リモートセンシング　個人詩誌『鹿十字』VOL.3（二〇一六年五月）
他は、書き下ろし

あとがき

二十世紀の終わり頃から、無差別通り魔殺人事件の報道をたびたび目にするようになったと記憶している。犯人の人となりは、小さいころは・大人しく・まじめで・口数は少ないが・礼儀正しい子だった、という紋切り型で説明される事が多かった。そうした性質に多く該当したからか、自分が犯罪者予備軍と見なされているようで、報道のたび後ろめたく感じた。

懐手蹼《みずかき》ありといつてみよ（石原吉郎）

隣人がポケットに何を隠しているか、あるいは自らの手が異物に化けるのか。事件の状況が、こちらの日常へ今にも繋がる気がしたので、遠巻きに観測したり、備えるための趣味が必要だと感じた。荒川洋治先生のいう「実学」としての文学を、そのように解釈した。

目を向けるべきものは他にもたくさんあるが、私にとっての脅威と趣味は、今のところまだ変わっていない。

齋藤岳深　さいとう　たけみ
一九八〇年ニューヨーク市生まれ。二〇〇三年早稲田大学
第一文学部文芸専修卒業。本作が第一詩集となる。

パッチ・ワークス

二〇二三年五月二十一日初版第一刷発行

著者　齋藤岳深
装幀　吉岡秀典　セプテンバーカウボーイ
発行者　上野勇治
発行　港の人
神奈川県鎌倉市由比ガ浜三―一一―四九
〒二四八―〇〇一四
電話〇四六七―六〇―一三七四
ファックス〇四六七―六〇―一三七五
www.minatonohito.jp
印刷製本　創栄図書印刷
ISBN978-4-89629-420-0　C0092